JN184775

句集　平成の麦飯

大野領子

文學の森

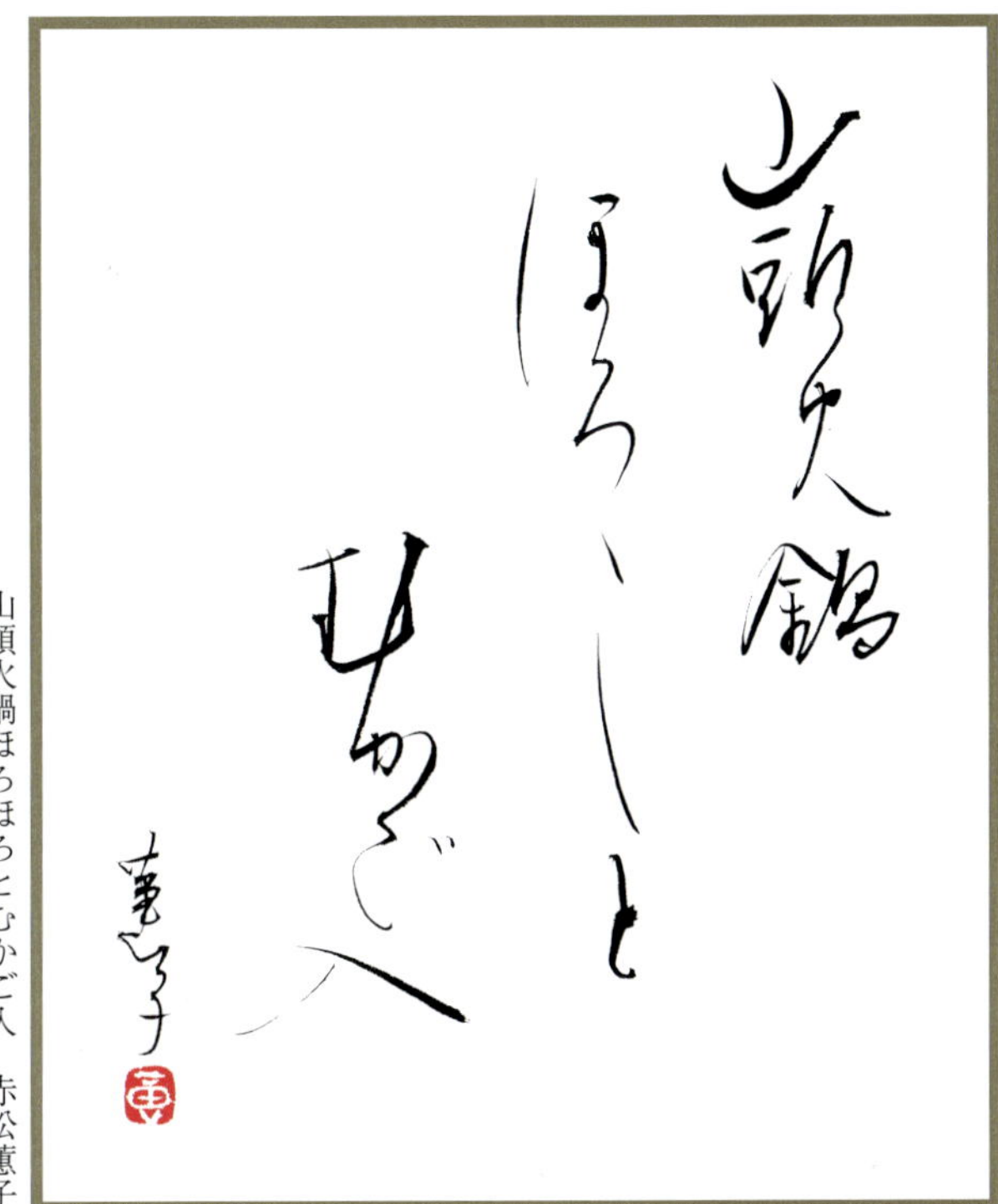

山頭火鍋ほろほろとむかご入　赤松蕙子

序

「あとがき」によれば、大野領子さんは昨年癌を患い入院を余儀無くされましたが、その時多くの俳句の友人から励まされ、自らも俳句に打ち込むことによって、日日脳裏をかすめる不安や緊張と闘い、漸く「俳句を杖に立ち上がることができた」と述懐されています。そして〈今生の今が負の時寒土用〉と前向きに納得し、以前にも増して俳句に集中されていることはまことに心強く、喜ばしいことであります。

領子さんは平成二年「雪解」に入門し、井沢正江先生に師事するかたわら、「雪解」の先輩である赤松蕙子氏より「個性を大事に」をテーマに、十年余り指導を受けてこられました。その成果は句集の随所に見受けられます。

かへりみて過去はちりぢり芹の花
諸の蔓一尺伸びて迎へ梅雨
はらいせの空き缶蹴つて雲の峰
俎の魚が口開く涅槃西風
本の帯はらりと解けて春の行く
文旦のごろりと重し春愁

など、何れも二句一章の句で、季語の斡旋が見事であります。
美しい花の名はそれだけで詩的であり、カタカナの花との取り合わせも新鮮であります。

チューリップ子の絵にいつも母の顔
うぶ声に花の総立ちシクラメン
鏡台の奥の明るしスイートピー
絆創膏ぴりつと剝がしカラジューム
サフランや小さき立志を今もなほ

磊落な領子さんにも、子どもにそそぐ優しい目差があります。

草笛の鳴る子鳴らぬ子夕焼空
子のくぐる丈に巻き上げ青簾
歩き初むる子の手はつばさ下萌ゆる
一族に加はるみづ子福寿草
さよならの子の手ひらひら秋桜

一方、晩年の母を気遣いながら優しく尽して来られました。

花吹雪卒寿の母に今日のあり
母の来て母の座となる籐寝椅子
初桜白寿にひとつ未だしき母
花吹雪死に遅れしといふ母へ
母につく嘘も方便花八つ手

心象俳句を得意とする領子さんには、すぐれた写生俳句も多くみられます。

街土用胸に花咲くシャツを着て

蓮枯れて日輪池に巣ごもれる

菖蒲の芽一寸のびて雨あがる

渇水のダムの底ひを夏つばめ

冬至夕焼火の鳥となり鴉とぶ

鯔跳ねて空の高さを確かむる

降りそそぐ日差しざらざら葱坊主

常に「個性を大事に」を信条として歩んできたという領子さんの句には、次に抄出したように、感性と個性豊かな作品が多く見られます。

稲光手術うべなふ印逆さ

揺り椅子に過去ゆり戻す縁小春

憂国忌ボトルの水を喇叭飲み

地球の声聞かまく蟬の穴のぞく

盆東風やぺこんと凹む紙コップ

霜柱地球が一寸伸びにけり

木菟に詛はれ夜半の咳地獄

領子さんの最近の『うまや』への投句に、〈ガーベラやたつた一つの願ひごと〉がありました。意志が強く、あまり甘えの見えない領子さんではありますが、心底にはいつも健康を願う切ない気持が垣間みられます。

寒卵これより先はゆるゆると

領子さんは将来を見据えた現在の心境を正直に吐露されています。何ごとにも急がず、焦らず、自分のペースで、これからの人生を大事にしていただきたいと願っています。

平成二十六年十一月一日

石垣青葙子

句集　平成の麦飯＊目次

装丁　杉山葉子

句集　平成の麦飯

夏炉

昭和六十年〜平成十年

石仏の半跏に在すすみれ草

スカーフの深きいろ選り柳の芽

揚雲雀空の青さに溺れけり

菜飯食ふ夫の無口はつねながら

チューリップ子の絵にいつも母の顔

昼逢うて夜は膝合はす遍路宿

荒星にしんと早寝の遍路宿

遍路杖かるがる朝の磴のぼる

落花舞ひあがり一天見失ふ

お松明仏おちおち寝てをれず

斑鳩の築地につづく花菜道

春愁や薬缶は笛を吹きつづけ

行春の雄鶏昼を高鳴けり

新樹光螺髪さだかに磨崖仏

薔薇垣や教会ミサの鐘ひびく

草笛の鳴る子鳴らぬ子夕焼空

麦の秋村のポストの頭のまるく

夏薊蝶とめて揺れたちて揺れ

郭公や湖畔の夜明け露まみれ

さくらんぼ鳥をたたせて一つ摘む

幹のぼる蟻に序列のあるごとし

筒鳥の鼓を二打にとどめたる

あめんぼのおはじき遊びして二つ

海に見て屋島は低し夏つばめ

大牧の夜明け乳いろ閑古鳥

子のくぐる丈に巻き上げ青簾

手のひらをくすぐり歩む天道虫

筍流し雲がもつとも流さるる

汗の帯解いて下りたつ厨あり

しづけさは星の降りくる夜のプール

うつばりの煤歴々と夏炉燃ゆ

滝千丈蝶ひらひらと舞ひのぼる

ゆく雲のふれ凌霄の花揺るる

街土用胸に花咲くシャツを着て

雲の峰瀬戸の島々ふところに

墓洗ふ海の落暉に背を向けて

送り火ややや落暉やうやく燃え尽くる

秋遍路満願の杖胸に抱き

打止めの鈴高らかに秋遍路

木馬の子去にてコスモス揺るる園

十六夜や厨にやみし水の音

畦あれば曼珠沙華燃え村は過疎

鶏頭や火の見櫓の高からず

ひと棹に遅るる二羽も雁渡る

エプロンを取ればわが刻夜の長し

池の面にうつり流るる秋の雲

天高し磴駈けのぼる郵便夫

桐の実の鳴りて雨には雨の音

稲刈つて墳山の裾現るる

稲架つづくこの坂行けば結願寺

登校の子に近道の刈田あり

巻きぐせの一巻のばし障子貼る

貼り終へし障子直ちに日をかへす

門のことりとはまる菊夕べ

山荘の夜寒とびつく膝二つ

返り花ひとときの雲の間にまぎれ

花八つ手塔の空より寺暮るる

枯蓮の祈る姿に茎折れて

寒雷やすれ違ひたる霊柩車

宝前の榾火の細り初鴉

躾糸残る袂の初点前

錆び付きし蔵の閂実万両

寒鯉の生ける証のささ濁り

雨垂れの音うつつなる春隣

福寿草

平成十一年〜十五年

梅一輪をみなの息にひらきをり

歩き初むる子の手はつばさ下萌ゆる

極彩の仏は女身沙羅芽吹く

仏間いま仏に返す雛納め

うぶ声に花の総立ちシクラメン

見え初むる稚の目差さくら草

鏡台の奥の明るしスイートピー

きのふより今日の青空初桜

灯を消してより夜桜の明るさよ

花吹雪卒寿の母に今日のあり

縁うらら絵本のキリン立ちあがる

春昼や欠伸怺ふる一羅漢

大寺へ縷々といざなふ花菜みち

干鰈買うて因幡の旅終る

朴残花登山電車の曲るとき

大寺の裏門ひらき袋掛

句敵の背に命中の草矢打つ

黒南風や塔の風鐸鳴りつづけ

直角に曲る廻廊梅雨深し

黴の香や蔵書のアトム拳あげ

蛍火をつつむ手の平みどりなり

母の来て母の座となる籐寝椅子

桑の実や豚の親子の午睡どき

海月浮く汀ホテルの庭つづき

花擬宝珠吉野離宮址雨しとど

寺の鐘青嶺に谺して吉野

ハンカチをたたむ秘仏の前に座し

向日葵を見上げ昼月見失ふ

白鳥座をんな涼しく指をさし

片かげり数珠屋の辻に来て尽きぬ

夏料理刺身蒟蒻ひらひらと
夜の長し襟よりほどく母のもの

庭の闇ふくるるごとく虫すだく

馬肥ゆる紺一枚の牧の空

風来よと蓮の実童子飛ぶかまへ

秋収め煙の果ての雲辺寺

絹糸をこばむ針孔縁小春

飛火野の鹿と影引く小六月

神農祭帰りにりんご飴を買ひ

蓮枯れて日輪池に巣ごもれる

風神へ一矢をかまへ枯蓮

落ちさうな夕日とどむる石蕗の花

風一陣襟巻の尾を摑みたる

手運びの椀の熱しよ大根焚

雪女郎来るかも鍵をかけずの戸

一族に加はるみづ子福寿草

寒北斗まつくらがりの波の音

地の声を雪に封じて野のしづか

菖蒲の芽

平成十六年〜二十年

鱵の背ひかり満潮ひたひたと

菖蒲の芽一寸のびて雨あがる

涅槃図の皺に埋もるる蟻ひとつ

春泥をつけて仔牛の売られゆく

彼岸餅本家に嫁して五十年

足摺の雨は横ざま落椿

生みたての卵ぬくぬく花はこべ

初桜白寿にひとつ未だしき母

へんくつの昭和一桁花三分

花吹雪死に遅れしといふ母へ

縁うらら四角の紙が鶴となり

村長の昼餉はうどん麦青む

もぐら道ここに尽きけり花大根

醬油屋の煙突四角春遅し

春愁や痰切飴を口中に

雨もよし日柄も良しと籾浸す

旅もどり蛙の村に灯を点す

卯月曇籠の鸚鵡と語らひぬ

かへりみて過去はちりぢり芹の花

麦秋や明治の母の車椅子

姫女苑牛の匂ひの農学部

蒜山の日照雨（そばえ）幾たび夏大根

渇水のダムの底ひを夏つばめ

乱鶯や岩にはりつく札所寺

蛇苺つくづく摘んでみたき赤

浜昼顔からから天気つづきなり

土佐に来て鮴の唐揚げうまかつし

立葵きのふに積みてけふの花

藷の蔓一尺伸びて迎へ梅雨

すててこの膝の扇骨削り屑

鮎を釣る入漁許可証首にかけ

ばつたの子溺れんばかり青田波

はらいせの空き缶蹴つて雲の峰

頬杖の杖のはづるる金魚玉

炎帝を睨みつけたる鬼瓦

大夕立そろそろ虹の生るる頃

仔牛の眼涼しとよれば鳴きにけり

大夕焼海より山へ去ぬ鴉

生醤油に饂飩を啜り夏の果

稲光手術うべなふ印逆さ

稲光大海の闇鉤裂きに
瓢簞の意地を通して曲りけり

横文字のすぐに忘るる夕野分

さよならの子の手ひらひら秋桜

仏壇の柿を相伴して長居

威銃青天井の峡の村

ひよん笛を吹いて聞かせてゐる男
鰡跳ねて空の高さを確かむる

平成の麦飯うましとろろ汁

錆鮎の跳ねてけふより禁漁期

籾殻の山のかなたの讃岐富士

拾ひたる栗より虫が顔を出す

徳利は備前がよろしにごり酒

新走り買うて重りし旅鞄

揺り椅子に過去ゆり戻す縁小春

憂国忌ボトルの水を喇叭飲み

時雨来て不喰芋の葉打ちにけり

冬晴や真一文字の沈下橋

母につく嘘も方便花八つ手

短日の電車夕日を追ひかくる

祈りとも嘆きとも蓮枯れにけり

浜焚火小浜訛の輪の中に

饒舌に闇のふくるる闇汁会

瞬きて星の近づく枯木宿

鍋鶴の舞うて一天くもりけり

夕鶴の鳴きつぎ星のうまれつぎ

鶴群るる田の面遮る何もなし

鳴く鶴の首の長きに雨の降る

鶴鳴いてぬばたまの闇ふくらめり

たぶたぶと水躍らせて紙を漉く

熱燗や勝気の虫の酔ひ痴れて

霜柱ざくざく踏んで旅に出る

饒舌の眼鏡ずり落つ女正月

初天神みくじの恋は吉とあり

凍土へ葬りもどりの塩を撒く

星冴えて真つ暗がりの母の部屋

物の怪の棲める木庭の雪月夜

加賀の雪に口づけをしてさやうなら

春の行く

平成二十一年〜二十四年

帯締めの錆朱一文字春浅し

薄氷や火傷の痕の水脹れ

伊賀の地図展げあれこれ春しぐれ

俎の魚が口開く涅槃西風

うす紅の釈迦の鼻糞頬張りぬ

揚雲雀牧のとんがり屋根の上

蜆舟朝日の帯へ滑り出づ

蜆掻きしじみの夢を掻き乱し

雉子啼いて山が波うつひとところ

雲眩し鳥引く朝の目玉焼

本の帯はらりと解けて春の行く

団結の拳振り上げ葱坊主

降りそそぐ日差しざらざら葱坊主

いかのぼり屋根の向かうの青い海

うたかたの如き昼月紫木蓮

欠伸して春日飲み込む喉かな

朝の日にものみな光り別れ霜

さくら咲く昔ここらに防空壕

にはたづみ隈取る落花また落花

亀鳴く夜果物ナイフ光りをり

土佐の風五月幟をはためかす

鯉のぼり畳んで金の大鱗

魚島の今はまぼろし卯波立つ

蚊喰鳥庭の夕闇切り結び

揖保乃糸の看板かすめ夏つばめ

ほととぎす上がり框に父の杖

手の平にのせて冷たき青蛙

青蛙脚下照顧の手をついて

浜昼顔ここら海抜０地帯

かなもじを水面につづり蛍とぶ

夫とゐて闇やはらかき蛍の夜

草矢射る上手も下手もみな句友

河骨の雨呼ぶ花を高掲げ

明日植うる代田に浮かぶ三日月

赤べらの縞もそのまま煮上がりぬ

青田風一村青を尽くしけり

青田波満濃池の水を引き

夕闇に波音遠き月見草

石の上に落ちて全き夏椿

上げ潮に乗りて海月の無重力

首伸べて矮鶏が水呑む朝曇

蟬を聞く蟬の骸を手の平に

地球の声聞かまく蟬の穴のぞく
子の去にて浮きつぱなしの浮人形

肘枕がくつと折れて雲の峰

蔓荊や海のかなたの雲の峰

梅雨明けや小膝叩いて立ちあがる

珍しく夫の饒舌洗ひ鱧

風の尾をとらへ風鈴鳴り止まず

親不知抜いて惜しみぬ稲光

めぐりたる旅は地図の上鳳仙花

酔芙蓉あしたは過去となる夕べ

電柱の影に躓く星月夜

盆東風や鴨居に掛かる鳥打帽

盆東風やぺこんと凹む紙コップ

生身魂へたり達磨と膝並べ

ひんがしの星の大粒秋めける

木犀や夜明けに間ある星の数

島の路地どこに立ちても鰯雲

赤とんぼ島の坂道天に尽く

蓋とれば色麩と湯葉と松茸と
へなへなと雨に打たるる貝割菜

蜻蛉とぶ露風の歌碑のうしろより

天上無風蓑虫いつも空を見て

鉦叩いつまでつづく俳談議

波音の葦の間に立つ月の秋

一片の雲もよせざる後の月

田の面だんだん稲架段々に秋日和

ずつこけし案山子の眼鏡秋高し

鵙猛る柿どろばうの居らぬ村

黄落やゆらりと渡るかづら橋
エプロンにポケット二つ秋の暮

父恋ひの猪口は火襷温め酒

冬に入る人形焼の目の窪み

返り花古稀も過ぎたる志

炉開の備前水指耳ふたつ

煎餅に湯呑みの二つ縁小春

グラタンの焦げ目くつきり窓小春

凩や回転木馬の首の傷

暮早し煮ゆる鰈の背の十字

一片の雲に堰かるる冬銀河

大岩の獅子よ仏よ冬うらら

浮寝鳥雨の水輪のその中に

冬至夕焼火の鳥となり鴉とぶ

闇汁や素頓狂の声あげて
霜柱踏みゆく過去を軋ませて

霜柱地球が一寸伸びにけり

吹いて飲む葛湯に六腑笑ひけり

野球部のみんなくり出す社会鍋

枯枝にシリウスとどめ夜の明くる

語部の訛あたたかちゃんちゃんこ

木菟に詛はれ夜半の咳地獄

着ぶくれて闇につまづく祖谷の宿

狐火の飛んで漁火ひとつ増ゆ

野水仙波音はるかなる丘に
きのふより月の太りし水仙花

暗闇にけものの目あり寒施行

俎を一日はなれ女正月

今が負の時

平成二十五年～二十六年

残雪を踏んで魚板を打ちにけり

涅槃会の一燈ゆらぎ猫の声

手の平の釈迦の鼻糞こぼれけり

手にのせて面輪やさしき古雛

ストローをくの字に曲げて山笑ふ

しゃぼん玉流れわが息七彩に

図書館に童話のあふれチューリップ

また一つ歳を加へて桜散る

花月夜遠く聞こゆる波の音

紙コップ潰して終る花の宴

花冷や机の下の膝頭

消灯に眠り急がず遠蛙

文旦のごろりと重し春愁

春深し唐三彩のらくだの目

惜春の浜に拾ひぬ虚貝

猫の目のきらりと光り夜の新樹

柿若葉夫に用なく妻忙し

青梅の鈴生り母のなき窓に

草矢打つ空の青さを畏れつつ
身の憂ひ包みて梅雨の月まどか

絆創膏ぴりつと剝がしカラジューム

短夜の病衣に時の進まざる

泥鰌汁食うて養ふわが手足
枕辺の紙魚の頁をまた開く

夕立の傘の小走り街動く

いつまでも沈んでをれず浮いてこい

向日葵や笑ひころげて日の沈む

水中花人の生死にかかはらず

遠花火わが心音の只ならず

八月や海の色なるとんぼ玉

一睡のあとの丙夜の虫の声

縁側の月のなき夜の虫しぐれ

百歳の柩出てゆく秋海棠

病み抜けて鍋座のしかと衣被

朗らかに遠忌の集ひ菊膾

初鵙や庭に朝日の燦々と

サフランや小さき立志を今もなほ

姥百合の青実つんつんそぞろ寒

花八つ手白紙答案夢に見て

焼芋を包む三面記事ぬくし

狐火や山の木霊の深ねむり

北風吹くや飛ばされさうな三日月

歳末の籤引き当ることもなし

来年のことは寝て待つ年の夜

雪に杖ついて命を支へゆく

露天湯へ雪を丸めて投げにけり

寒満月わが身の影の細りたる

寒卵これより先はゆるゆると

今生の今が負の時寒土用

寒の餅焼いて昭和の香の立ちぬ

あとがき

顧みますと、私の俳句への第一歩は不埒千万なことでした。高松に住んでいた昭和五十八年、主人が手術入院し、その退屈凌ぎに主人が作った俳句を、たまたま隣に住んでいた「椿」主宰の三浦恒礼子先生に見ていただいていました。その後、主人は快復して職場復帰したのですが、三浦先生が毎月の「椿」を下さいますので、学校で習った知識しかない私が身代りで「椿」に入会致しました。しばらく前へ進めず、入会したことを後悔したのですが、ご指導を受け本気で俳句を勉強しようと決心した矢先に先生がご逝去されました。しばらく途方に暮れていましたが、「椿」の母誌である「雪解」に入門させていただき、井沢正江先生に師事することになりました。夢中で勉強出来た数年でした。その後、正江先生が引退され、目標を見失っていましたが、「うまや」主宰の今村泗水先生にお会いする機会があり、「うまや」に入門して先生の指導を受けることになりました。

前後しますが、「雪解」に入門して間もない頃、先輩である赤松蕙子先生からお声を掛けていただき、十年余り、特に「個性を大事に」をテーマにと指導を受けました。或る時、厚かましく先生に句集上梓について相談しましたところ、「句集を作るのは遅い方がいいのよ」と言われました。それから七年が経ちましたが、この度の上梓にあたり、先生からいただいたお句によって、私の句集を飾らせていただきました。

私事で恐縮ですが、昨年の夏、癌を患い入院しました。病室で病気のことを忘れさせてくれたのが俳句でした。句友にも励まされ、俳句を杖に立ち上がることができました。これを機に今までの俳句を句集にまとめてみようと思い立ち、この度の運びとなりました。一句、一句を拾ってみますと、あの日、あの時、あの人達との楽しい思い出が私の脳裏をよぎりました。

上梓に際し、石垣青葙子先生にはお忙しい中、あれこれお手数をおかけしました。ありがとうございました。

また、今は亡き「雪解」の井沢正江先生、茂惠一郎先生の温かいご指導、現主宰の古賀雪江先生には格段のご指導を賜り、飯田晴子先生には大先輩として何かとご教示いただきました。御礼申し上げます。これまでご交誼下さいました先輩や句友の皆様、支援してくれた家族にも心から感謝致しております。これからは、自分の歩幅に合わせて、ゆっくりと精進してまいる所存です。今後ともご指導、ご鞭撻のほどよろしくお願い申し上げます。

最後になりましたが、「文學の森」の皆様には格別お世話になりました。厚く御礼申し上げます。

平成二十六年十一月一日

大野領子

著者略歴

大野領子（おおの・れいこ）　本名　麗子

昭和13年　香川県三豊市生れ
昭和59年　「椿」入門
平成２年　「雪解」入門
平成12年　「うまや」入門
平成21年　嘉祥誌友
平成25年　うまや賞

「雪解」「うまや」同人
俳人協会会員

現　住　所　〒769-1602　香川県観音寺市豊浜町和田浜1439-2
TEL&FAX　0875-52-2550

句集　平成の麦飯

発　行　平成二十七年一月三十一日
著　者　大野領子
発行者　大山基利
発行所　株式会社　文學の森
〒一六九-〇〇七五
東京都新宿区高田馬場二-一-二　田島ビル八階
tel 03-5292-9188　fax 03-5292-9199
e-mail mori@bungak.com
ホームページ　http://www.bungak.com
印刷・製本　小松義彦

ISBN978-4-86438-388-2　C0092